I Live in Havana

Jordan Lancaster Ortega

YO VIVO EN LA HABANA

Illustrations by Lemay Hernandez Miranda
and Daniesky Acosta Linares

To order additional copies of this book, contact:
Xlibris
0800-056-3182
www.xlibrispublishing.co.uk
Orders@ Xlibrispublishing.co.uk

I Live in Havana

by Jordan Lancaster Ortega

YO VIVO EN LA HABANA

Illustrations by Lemay Hernandez Miranda
and Daniesky Acosta Linares

As the story of Yadira tells us, life for children in Havana can be magical indeed, with many cultural and sports opportunities available, as well as guaranteed education and health care offering the best possible start in life, even though Cuba is not a wealthy nation. This holistic approach seeks to ensure that our country offers the best possible start in life to our youngest citizens.

Two recent regional evaluations conducted by UNESCO on student achievement and education quality in Latin America (PERCE in 1998 and SERCE in 2008) have shown that Cuban children like Yadira, enrolled in the third and sixth grades of primary school, perform consistently above the results of other children in the region in mathematics, language and natural sciences. At the beginning of 2018, María Cristina Perceval, UNICEF regional director for Latin America, praised the early childhood health and education policies of Cuba's socialist government, based on innovative programmes such as "Educa tu hijo" (Educate your child), promoting the role of family and community in childhood development, declaring Cuba a "champion" in children's rights. Mothers are supported by the Federation of Cuban Women (FMC) and the Cuban Family Code enshrines in law the responsibilities of both parents.

I hope that this book can be enjoyed by children of Cubans resident abroad, as well as children from other countries who are planning to visit our country or simply wish to learn more about the Caribbean's largest island.

TERESITA VICENTE SOTOLONGO
CUBAN AMBASSADOR IN LONDON

La historia de Yadira nos enseña que la vida para los niños en La Habana puede ser mágica, brindando muchas oportunidades culturales y deportivas, así como educación y atención médica garantizadas que ofrecen el mejor comienzo posible para un buen crecimiento, aunque Cuba no es una nación rica. Este enfoque holístico busca asegurar que nuestro país brinde una óptima calidad de vida a nuestros ciudadanos más jóvenes.

Dos recientes evaluaciones regionales realizadas por la UNESCO sobre el rendimiento estudiantil y la calidad de la educación en América Latina (PERCE 1998 y SERCE 2008) han demostrado que los niños cubanos como Yadira, matriculados en el tercer y sexto grados de la enseñanza primaria, consistentemente tienen resultados por encima de los resultados de otros niños de la región en matemáticas, lenguaje y ciencias naturales. A principios del 2018, María Cristina Perceval, directora regional de UNICEF para América Latina, elogió las políticas de salud y educación en la primera infancia del gobierno socialista de Cuba, basadas en programas innovadores como "Educa tu hijo", promoviendo el papel de la familia y la comunidad en el desarrollo infantil, declarando a Cuba un "campeón" en los derechos infantiles. Las madres son apoyadas por la Federación de Mujeres Cubanas (FMC) y el Código de Familia Cuban, donde se consagran legalmente las responsabilidades de ambos padres.

Espero que este libro pueda ser disfrutado por los niños de padres cubanos residentes en el exterior de la isla, así como por los niños de otros países que planean visitar nuestro país o simplemente desean aprender más sobre la isla más grande del Caribe.

TERESITA VICENTE SOTOLONGO
EMBAJADORA CUBANA EN LONDRES

Hello! My name's Yadira and I live in Havana. Havana is the capital of my country, Cuba.

Hola! Me llamo Yadira y vivo en La Habana. La Habana es la capital de mi país, Cuba.

Cuba is a very beautiful country. It's known as "The Pearl of the Antilles" because it is the biggest island in the Caribbean. It is also known as the "Key to the Gulf" for its geographical position at the entrance to the Gulf of Mexico. Cuba is surrounded by the Caribbean Sea, whose waters are clear blue like the colour of the sky over our lovely island.

Cuba es una hermosa isla caribeña. Se conoce como "La Perla de las Antillas" porque es la isla más grande del Caribe. Desde la época colonial también se le conoce como "La Llave del Golfo", por su posición geográfica a la entrada del Golfo de México. Cuba es bañada por el Mar Caribe, tan azul como nuestro cielo.

5

Cuba was discovered in 1492 by Christopher Columbus. He called it "the most beautiful land that human eyes have ever seen."

Cuba fue descubierta en 1492 por Cristóbal Colón. La llamó "la tierra más hermosa que ojos humanos han visto."

On 16 November every year, we celebrate the anniversary of the foundation of the city of Havana in 1519. According to tradition, if you walk around the old *ceiba* tree on this day, it will bring you good luck.

El 16 de noviembre de cada año, celebramos el aniversario de la fundación de La Habana en 1519. La vieja tradición dice que si caminas alrededor de la ceiba ese día, el árbol traerá buena suerte.

I live in Central Havana, in an apartment with a beautiful view of Saint Nicholas Square.

Vivo en Centro Habana, en un apartamento con una maravillosa vista de la Plaza San Nicolás.

I live with my mother and my father and my grandmother and my little brother Lazaro. We also have a cat with six toes. His name is Michifù.

En el apartamento viven mi mamá, mi papá, mi abuela y mi hermanito Lázaro. También tenemos un gato con seis dedos que se llama Michifù.

My mother's name is Rosa and she is a neighbourhood doctor. We live above her practice. When she was younger, she worked as a doctor on a mission in Venezuela for two years.

Mi mamá se llama Rosa y es médico de familia. Vivimos en el piso alto del consultorio. Cuando era más joven, trabajó como doctora en una misión en Venezuela durante dos años.

My father's name is Felix and he is a professor in the University of Havana. He climbs all these stairs every day to go to work. He teaches ornithology, which is the study of birds.

Mi papá se llama Félix y es profesor en la Universidad de La Habana. Sube la escalinata todos los días para ir a trabajar. Enseña ornitología, el estudio de las aves.

My grandmother's name is Caridad and she looks after us. She used to be a singer at *El Gato Tuerto* (The One-Eyed Cat) jazz club and she sings beautiful songs to us all the time. Her most beautiful ballad is "Two gardenias".

Mi abuela se llama Caridad y siempre nos cuida. Ella fue cantante en El Gato Tuerto, un importante centro nocturno de la capital, y siempre nos canta lindas canciones. Su bolero más bonito es "Dos gardenias".

My favourite sport is baseball and my favourite team is Industriales. They are known as the "lions" of the capital.

Mi deporte preferido es la pelota (el béisbol) y mi equipo preferido es Industriales. Los llamamos los leones de la capital.

I am nine and I go to primary school. Every day I wear a uniform with a red kerchief.

Tengo nueve años y voy a la escuela primaria. Cada día llevo mi uniforme con una pañoleta roja.

Like all children in Cuba, I'm a pioneer. We have meetings in the mornings before school assembly. At the school assembly, we sing the national anthem and salute the flag. I love my country!

Al igual que todos los niños en Cuba, soy pionera. Tenemos matutinos antes de empezar las clases, y en estos encuentros cantamos el himno nacional y saludamos la bandera. ¡Amo a mi patria!

Sometimes, there are activities after school in our neighbourhood. We have culture workshops with clowns and dancing and music but my favourite is the physical education workshop. A great teacher called Yosvani plays ball games with us.

Algunos días, hay actividades después de clases en mi barrio. Tenemos actividades con payasos y bailes y música pero me encanta la educación física. Un maestro muy chevere que se llama Yosvani juega con nosotros.

My brother and I especially enjoy the horse drawn buggy in our neighbourhood but I'm only allowed to take a ride when I have finished all my homework!

A mi hermanito y a mí nos gusta montar en el carrito del caballito. ¡Pero solo mi dejan montar después de terminar todas mis tareas!

The weather in Cuba is mostly warm and sunny but sometimes we have tropical rainstorms. Afterwards, when the sun comes out again, my brother and I like to jump in the muddy puddles.

El clima en Cuba es normalmente cálido y soleado pero algunas veces tenemos tormentas tropicales. Después, cuando el sol sale nuevamente, a mi hermano y a mí nos gusta saltar en los charcos.

Sometimes we take our kites to the Malecon and fly them along the seafront. This seafront walk is considered the "sofa" of Havana. Everyone comes here!

Algunas veces empinamos papalotes en el Malecón cuando hay mucho viento. El Malecón es el sofa de La Habana. ¡A todos les encanta!

On Sundays, if my brother and I are very good, our parents take us out for special treats. Sometimes, we go to have an ice cream at Coppelia, the top ice cream parlour in Havana. I always ask for pineapple-orange.

El domingo, si mi hermano y yo nos portamos bien, nuestros padres nos sacan a pasear. A veces vamos a tomar un helado a Coppelia, la principal heladeria de La Habana. Siempre pido naranja-piña.

In Cuba, we celebrate some very special days. All Cubans enjoy celebrating New Year and our National Day on 1 January with a family dinner. However, the most important day for me is Children's Day in July. On these days, we play dominoes and listen to music with our friends and our families and our teachers. Sometimes we even go to the Parque de la Maestranza in Old Havana.

En Cuba, celebramos algunos días muy especiales. Todos los cubanos celebramos el Año Nuevo el primero de enero con una comida en familia. Sin embargo, el más importante para mí es el día de los niños en julio. En este día jugamos dominó y escuchamos música con nuestros amigos, familias y maestros. Algunas veces incluso vamos al Parque de la Maestranza en La Habana Vieja.

My mother's special celebration is the Day of Latin American Medicine (3 December) and my father's is Teachers' Day (22 December). Their patients and students bring them small gifts to celebrate the occasion and thank them for their professional service.

El día de celebración especial de mi mamá es el día de la medicina latinoamericana (3 de diciembre) y el de mi papá es el día del maestro (22 de diciembre). Los estudiantes y pacientes les traen pequeños regalos a ambos para celebrar la ocasión y agradecer su servicio profesional.

But for me, the most special day of all is my birthday! Every year, I go with my family to the most exciting place: "Coconut Island". I love the rides. For a special treat, I always have a coconut ice cream, too.

¡Para mí, el día más especial de todos es mi cumpleaños! Cada año, voy con mi familia al lugar más divertido: La Isla del Coco. Los aparatos aquí son atractivos, me encantan, también me gusta disfrutar del helado de coco y de otras golosinas.

Last year for a birthday treat, we went to the Alicia Alonso Theatre to see a performance of Giselle, my favourite ballet.

El año pasado por mi cumpleaños fuimos al teatro Alicia Alonso para ver Giselle, mi ballet favorito.

In the evening, all the family went to Chinatown for dinner. At the restaurant in the Chang Club, you can have dinner for free on your birthday!

Por la noche, toda la familia fue al Barrio Chino a cenar. ¡En el restaurante de la Sociedad Chang, puedes comer gratis el día de tu cumpleaños!

While we're at school, our grandmother goes to shop in the food market. All the fruit and vegetables in Cuba are organic and very tasty. I particularly like *boniato* (sweet potato) and my brother loves *malanga* (taro root). My grandmother always makes delicious fresh guava juice for our breakfast and I take some to school for my snack.

Mientras estamos en la escuela, nuestra abuela va de compras al agromercado. Todas las frutas y vegetales en Cuba son orgánicos. Me encanta el boniato y a mi hermanito le gusta la malanga. La abuela siempre nos prepara jugos naturales de guayaba en el desayuno y también para la merienda cuando vamos a la escuela.

27

After shopping, my grandmother goes to Fraternity Park, near the Capital Building, for her Tai Chi class. It's held in front of the Tree of Friendship. Her teacher is Wilmer and he's very cool.

Al terminar su trabajo de compras en el agro, abuela va al Parque de la Fraternidad, cerca del Capitolio, para realizar ejercicios de Tai Chi con otros abuelitos. Siempre se ubican frente al Árbol de la Amistad. Su maestro se llama Wilmer, es muy amable.

After her class, my grandmother cooks dinner for the family. We especially love rice and beans! She also makes wonderful banana treats: *tostones* (fritters) and *mariquitas* (chips).

Después de la clase, mi abuela prepara la cena para nuestra familia. ¡Nos encanta el arroz con frijoles! La abuela es también experta en tostones y mariquitas.

There are so many wonderful things to do in Havana in the summertime. My uncle Juan has an old Chevy Bel Air and he takes us to the beach in Playa del Este or to Parque Lenin where we can swim and have hot dogs.

Hay tantas cosas maravillosas que se pueden hacer aquí en verano. Mi tío Juan tiene un almendrón y nos lleva a las Playas del Este o al Parque Lenin donde podemos nadar y comer perritos calientes.

There are many other fun things to do in Havana. We like to travel by the little ferry boat to Regla where our aunt and uncle and our cousins live.

En la Habana se pueden hacer un montón de cosas divertidas. Nos encanta viajar en lanchita al municipio de Regla donde viven nuestros tíos.

In the evenings, our father alwyas reads us a story. My favourite one is "Naughty Girl" by José Martí, from *The Golden Age*, a publication he wrote for all the children in the Americas. José Martí is one of the greatest Cuban writers and patriots. His face is on all our one peso bank notes.

Mi papi nos lee cuentos todas las noches. Mi favorito es "Nené Traviesa" de José Martí, el cual aparece publicado en *La Edad de Oro*, revista que escribió para los niños de América. José Martí es el Apóstol de la nación cubana. Su retrato aparece en los billetes de un peso.

Every night before 9pm we're washed and ready for bed. Then we go onto the terrace with our mother to listen for the cannon shot from the Cabaña Fortress. It's the end of another happy day in Havana, the "azure city", the capital of the beautiful island of Cuba.

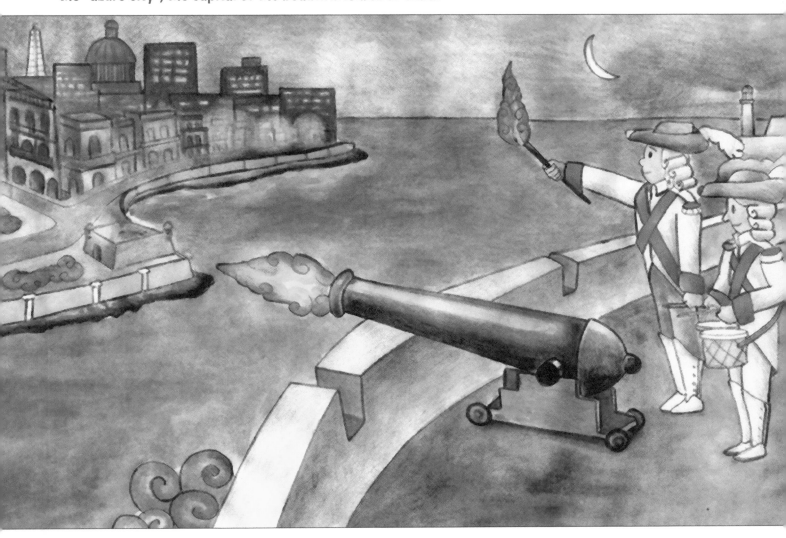

Todas las noches antes de las nueve nos lavamos y nos hallamos listos para ir a la cama. Después subimos con mami a la azotea para escuchar el cañonazo que siempre se realiza a esta hora en la Fortaleza de La Cabaña. Así acaba otro día feliz en La Habana, la "ciudad azul", la ciudad de todos los cubanos.

Good night! We'll go to sleep now dreaming of more adventures tomorrow in Havana.

¡Buenas noches! Vamos a soñar con los angelitos y con nuestras aventuras de mañana en La Habana.

Jordan Lancaster Ortega is a Spanish-English translator and also teaches Spanish. She is a dual Canadian and British citizen, and a permanent resident of Cuba. The story of Yadira was inspired by the children of the Centro Havana neighbourhood of Los Sitios, where she lives with her Cuban husband, Yosvani. This book is dedicated to all the children of Cuba and it is hoped that it will be enjoyed by children all over the world who are interested in Cuba, who are of Cuban descent or who plan to visit the island.

Proceeds from the sale of each book will support the work of the Music Fund for Cuba (registered charity n. 1096283 - www.musicfundforcuba.org.uk) in supplying equipment and materials to students at musical schools and conservatories throughout Cuba.

Jordan Lancaster Ortega es traductora de español-inglés y también profesora de español. Es ciudadana canadiense y británica, y residente permanente en Cuba. La historia de Yadira fue inspirada por los niños del barrio de Los Sitios en Centro Habana, donde la autora vive con su esposo Yosvani. Este libro está dedicado a todos los niños de Cuba y se espera que sea leído por niños de todo el mundo que estén interesados en Cuba, que son de origen cubano o que planean un viaje a nuestra isla.

Ganancias de la venta de cada libro se destinarán al Music Fund for Cuba (organización de caridad registrada nº 1096283 - www.musicfundforcuba.org.uk) en el suministro de equipos y materiales a estudiantes de escuelas de música y conservatorios en toda Cuba.

Lightning Source UK Ltd.
Milton Keynes UK
UKHW052153090120
356663UK00012B/218/P

* 9 7 8 1 5 4 3 4 9 1 7 3 9 *